KB181266

한국 희곡 명작선 128

나도 전설이다

한국 희곡 명작선 128

나도 전설이다

양수근

평민사

향수근

나도 전설이다

등장인물

전설
딜러
연출
작가
- 딜러와 연출, 전설과 작가는 한 배우가 맡는다.

무대

기본적으로 비어있다.
책상과 의자. 책상 위에 작은 노트북이면 족하다.

1.

빈 무대.

음악이 들린다.

영화 스타워즈에서 봤음직한 레이저 막대를 들고 조명 안으로 들어서는 한 남자. 웃는다. 여유 있다. 그의 표정은 어린아이처럼 해맑다. 편안해 보인다. 이 남자가 바로 전설이다.

전설　　I Am Legend. 나는 전설이다.

사이.

전설　　1926년 미국 뉴저지에서 태어난 리처드 매드슨이 그의 나이 24살에 쓴 소설이다. 좀비를 등장시킨 최초의 소설인 이 작품은 인류가 핵전쟁 이후 신종 바이러스에 감염돼 좀비가 되고 주인공만 인간으로 살아남아 좀비들과 사투를 벌이게 된다는 내용으로 지금까지 세 차례나 영화로 제작됐다. 웃긴다. 겨우 좀비 세상에 살아난 인간이 뭐 대수라고, 소설에 영화까지. 참말로 얼척 읎네이.

웃는다.

전설　너만 전설이냐?

의자에 올라선다.

전설　(외친다) 그라믄 나는? 나도 전설이다. 정글 같은 험한 세상에 이름 석 자 떨치었고, 지금은 최고의 자리에 올랐웅께 영락없이 나도 전설이다.

전설, 관객들과 눈을 마주하며. 잠시 사이.

전설　이름 하여 레, 전, 드. 빠밤 빠바밤 빠바밤! 나도 전설이다.

멀리, 아주 멀리에서 파도 소리 들린다.

전설　이제 지난날 쓰라린 추억은 모두 잊을 것이다. 아니 잊은 지 이미 오래다.

있지도 않는 창을 내다본다.

전설　공모전에 날밤 새고, 몇 푼 되지도 않는 지원금에 목숨 걸어가며, 예술과 철학과 연극을 논하던 치기어린 내가 아니란 말이다.

작은 파도 소리가 확 밀려왔다 사라진다.

전설   전설은 전설로 남아야 한다. 고거이 내 지론. 딱딱한 골방에 처박혀 담배연기와 씨름하며, 쓰디쓴 커피로 속을 아리게 했던 지난 기억은 더 이상 존재하지 않는다. 전설의 이야기는 새롭게 시작된다. 빠밤 빠바밤 빠바밤! 내가 전설이므로… 하하하하.

레이저 막대를 휘두른다. 윙, 윙 소리가 난다.

전설   더 이상 통장 잔고에 한숨 쉬고, 커 가는 애들 보며 왈칵 눈물 쏟던 감성과 아빠는 죽었다.

무사처럼 레이저 막대를 절도 있게 휘두른다.

전설   덤벼라 와라. 더 이상 물러나지 않을 테다. 글로 세상을 호령하는 무사가 되리라. 두려움 따윈 없다. 오로지 전설만 존재할 뿐.

레이저 막대를 마구마구 휘두르다 지친 듯.

전설   (기지개를 켠다) 으랏찻차! 오메, 잠을 잘 못 잤능가. 더수기가 뻐근거림서 결리렁만이. 파스라도 볼라야 쓸랑가? 전설이 이깟 잠자리 하나 땜시 거시기 해야 쓰것어. 방을 바꿔 달라 해야것어. 아니, 아니제. 전망으로 따지믄 최고층 스위트룸 따라오덜 못 허제. 그라믄… 이, 이. 침대를 바꿔 달라고 혀야 쓰것네. 자고로 침대는 솜이불 깔고 푹신푹신 혀야 잠도 잘 오고, 꿈도 맛나게 꾸제. 물렁물렁 잡녀르 물침대. 뭔 뗏목 타는 것도 아니고 밤새 출렁거려서 멀미 나올 뻔 봤네.

창문을 연다. 깊은 숨을 쉰다.
파도 소리가 확 밀려온다.

전설　　오메, 저 파도 잔 보소. 내 심장을 후벼 파네 파. 하와이 앞바다, 시방 여기는 그림이 아니라 현실이여 현실. 와이키키 비치. 딴 딴 따다, 딴 딴 따다. 웨딩마치 따라 입장하는 신부의 드레스 맹키로 온 백사장을 힉하니 물들이는 하얀 파도. 하늘, 구름, 바람. 눈부시다. 혹 신이 있다믄 여기를 천국이라 불렀을 터.

전설, 깊은 심호흡.

전설　　멀리 윈드서핑 즐기는 사람. 머잖아 그가 곧 내가 될 것이다. 겨우 한 사람 올라탈까 말까 한 작은 배 위에 돛을 달고 바람에 몸을 맡기자. 흠, 깊은 숨. 아, 시원해.

책상 위에 배를 깔고 윈드서핑을 즐긴다. 거친 파도 소리. 두 팔로 노를 젓고.

전설   파도야 와라 와. 내가 다 상대해주마. 야호. 이 야호. 더 이 상 두렵지 않다. 나를 삼켜봐. 댐벼보랑께. 오우, 와우. 와. 여기가 천국이다. 나는 일 년 열두 달 매일 서핑을 탈 것이여. 맑은 바다, 깨끗한 하늘, 선선한 바람. 여그가 무릉도원이고 여그가 율도국이랑께. 오우, 와우.

파도소리에 몸을 맡기고 한참 서핑을 즐기다.

전설   상상은 상상으로 끝나지 않을 것이다.

책상에서 내려온다.

전설   아, 파도에 몸을 실었더니 으스스 춥군. 지금부턴 선텐 타임. 햇볕에 알맞게 몸을 그을리면 섹쉬한 구릿빛 피부.

옷을 훌러덩 벗는다. 달랑 팬티 한 장.
푸시 업도 해 보고, 윗몸 일으키기도 해 보고, 나온 똥배를 감추기위해 팬티를 더 끌어당기면, 방울 두 개 선명하게 드러나고.
책상 위에 존재하지도 않는 오일을 짜서 바른다.

전설　듬뿍 듬뿍 아낌없이. 오일을 바르고, 바르고, 또 바르면 와이키키 해변 탄력있는 몸짱이 되리니. 다만 아쉬운 건, 초콜릿 복근 대신 흘러내린 똥배. 뭐 어때? 내가 전설인데.

의자에 몸을, 책상에 다리를 얹고 벗은 옷으로 눈을 가린다. 햇볕을 받는다.
관객 모두가 알만한 팝송도 흘러나오고…

전설　(그 노래 따라 불러보다가) 완벽한 피부. 브린징을 위한 셀프 태닝. 피부가 자외선으로부터 스스로를 보호하기 위해 표피의 기저층에 있는 멜라닌세포를 자극하여 생성하는 과정. 이름하여 선텐. 갑자기 피부를 노출시키는 것은 일광화상의 위험이 있지. 그래서 처음에는 오 분하고 그늘에서 쉬고, 십 분하고 그늘에서 쉬는 방법을 반복적으로 하되 삼십 분이 넘지 않도록 한다. 이건 나의 철칙. 아쉬운 건, 파라솔과 시원한 딸기 주스 그리고 금발의 쭉쭉빵빵…

책상에 올라.

전설　요트를 타고 밤마다 파티를 즐기자. 넘실대는 바다 위에서 쏟아지는 별을 보고, 배터지게 바다가재, 스테이크를 즐기자. 럼과 포도주는 무한 리필. 헤이, 미스 하와이. 컴

온. 베이비. 컴. 그래, 마셔부러. 마셔불드라고. 쭉쭉 뽈아
불어. 야호. (환상에 빠진다)

경쾌한 람바다 흘러나온다.
전설, 춤을 춘다. 허리를 돌리고, 꺾고, 깨방정 춤을 춘다. 마치 그
앞에 금발의 미녀라도 있는 듯 스텝을 밟다가 그만 책상에서 떨어
진다.
한참 동안 일어나지 못 한다. 음악도, 파도 소리도 더 이상 들리지
않는다.

전설　　제기랄. 미스 하와이는 개뿔. 괜한 쌩쑈에 허리만 아작났
　　　　네. (한동안 일어나지 못 하고) 아이고, 허리야. 가만, 욕조에 몸
　　　　을 좀 담그면 조까 괜찬할랑가…

전설 나간다. 무대 빈다.
어두워지면 한 남자 007가방을 들고 나온다. 조명 그 위에 떨어
진다.

딜러　　(폼 졸라 잡고) 나는 중개업자다.

잠시 사이.

딜러　　짠짜잔 짠짜잔 짠짜잔! 상품의 매입부터 재판매를 전문적

으로 다루는 딜러. d, e, a, l, e, r. 딜러.

멀리, 아주 멀리에서 파도 소리 들린다.

딜러　　지난 날 쓰라린 아픈 추억은 모두 잊을 것이다. 아니 잊은
　　　　　지 이미 오래다.

있지도 않는 창을 내다보며.

딜러　　중고자동차 한 대 팔려고 이 사무실 저 사무실 얼굴 팔며,
　　　　　딸랑딸랑 사모님, 딸랑딸랑 사장님… 아, 쪽팔려. 온갖 알
　　　　　랑방귀 뀌어가며 고개 조아리던 내가 아니다.

작은 파도 소리가 확 밀려왔다 사라진다.

딜러　　도박사 딜러? 노. 증권 중개업자? 무슨 소리. 부동산 중개
　　　　　업자? 그런 건 내 앞에서 명함 못 내밀지. 나는야 딜러의
　　　　　꽃. 딜러계의 새 역사, 그 이름도 찬란한 (전설에 더 힘을 주
　　　　　어) 드라마 딜, 러. 이제 나는 딜러계의 화신으로 남을 것이
　　　　　다. 스마트폰에 입력된 고객 명단에 웃고 울며, 명절마다
　　　　　생일마다 축전에 선물에, 결혼식, 돌, 장례식. 모든 애경사
　　　　　는 죄다 쫓아다니고도 늘 주머니는 비어 있었다. 세상은
　　　　　변했다. 변한 세상의 흐름을 읽을 줄 아는 능력이 있느냐

없느냐에 따라 미래가 결정된다. (사이) 지금 이곳은 내가 그토록 꿈꾸던 미래이다.

딜러. 전설이 오르지 않았던 의자에 올라.

딜러 (드보르작의 '신세계 교향곡'을 부른다) 문학의 사대 장르라 일컫는 희곡 한 편 중개하는 수수료가 자동차 만 대 팔아 챙긴 돈보다 훨씬 많은 이득을 보는 세상. 어떤 극작가의 뒤를 따를 것인가? 냄새를 맡을 줄 아는 본능적인 코. 그리고 정확한 판단력. 이를테면, 작품성, 예술성, 대중성 거기에 인류 보편적 가치를 총체적으로 아우르는 문학성까지 겸비한 극작가를 알아보는 시각. 나에겐 그런 동물적 감각이 존재한다. 그러므로 난 딜러계의 화신으로 살아갈 것이다. 드라마, 디이일, 러어어.

멀리서 파도가 친다.

딜러 이것은 꿈이 아니다. 파도치는 하와이 바다를 보며 딜을 한다. 주거니 받거니 밀고 당기는 밀당을 한다. 흥정을 붙이고, 제 값을 받아낸다.

내려오는 딜러.

딜러   돈 푼 꽤나 있는 사람들이 그림을 소장하던 고리타분한 시대는 갔다. 이젠 부자들이 극작가의 희곡을 소장하는 시대가 도래했다. 누가 더 많은 극작품을 소장하는가, 누가 얼마나 많은 극작가와 연을 맺고 있는가? 그것이 시대를 읽어나가는 힘이 되었도다.

사이, 거닐기 시작한다.

딜러   인류는 새로운 문제에 직면했다. 몇 해 전, 프랑스 왕립박물관 증축 과정 중, 지하 창고에 매장되어 있던 '오이디푸스 왕' 초판본이 발견되었다. 이 작품은 2천500년 전 그리스 비극의 대가 소포클레스가 나무껍질을 깎아 직접 쓴 것으로, 경매가가 무려 10조 원을 넘으면서, 프랑스와 그리스가 저작권 문제를 둘러싸고 외교전을 벌였다. 자국의 경제사정이 악화된 그리스 정부에서는 호재를 맞이했지만, 일반인에게 전시되었던 '오이디푸스 왕'이 도난당하는 어처구니없는 사건이 발생하자, 그리스 정부는 예술작품이라면 환장을 하는 프랑스의 자작극이라며 이 사건을 국제사법재판소에 회부했다. 그러자 미국 CIA에는 공식 브리핑 자료를 통해 서방세계에 테러를 벌이려는 알 카라멜이 자금 확보를 위해, 탈취한 것으로 발표하였다. 그 때문에 이슬람 무장 세력들은 성전 즉, 지하드라는 명분을 내세워 미국과 이스라엘을 상대로 전쟁 불사를 외치고 있지 않는가. 다행히 대한민국 출신 반기문 유엔 사무총장의 중재로 가까스로 위기를 모면했지만, 아직도 화약의 불씨는 꺼지지 않고 있다. 고대 그리스 시대에 발표된 비극 한 편 때문에 지금 지구촌은 종교와 이념으로 갈려 새로운 냉전시대를 살고 있다. 대체 소포클레스 작 '오이디푸스 왕' 초판본은 어디로 간 걸까? 미스테리다. 그뿐 아니다. 컴퓨터 황제로 불리는 빌 케이츠는 영국이 인도와도 바꾸지 않는다는 대문호 셰익스피어 작 '햄릿' 의 최초 공연 희곡을 소장하기 위해, 런던에 있는 셰익스피어 57대손의 집을 찾아가 윈도우 바탕화면을 직접 깔아 주었다는 일화는 유명하다. (둘러본다) 극작가의 희곡 한 편 소장이 인생 최고의 목표가 된 그런 시대에 우리가 살고 있다.

방 안 구석구석 널브러진 옷가지들과, 물건을 치우는 딜러.

딜러 글은 안 쓰고 또 놀았군. 지가 무슨 스타워즈에 나오는 군인이야. 레이저 광선검이 필요하대서 비행기를 타고 캘리포니아 힐리웃까지 가서 사다줬더니, 허구한 날 장난감 놀이나 하고 말이야. 작품 구상 때문에 소품이 필요한 줄 알았지, 날마다 무슨 판타지를 찍는 것도 아니고. 가만? 스타워즈를 능가하는 그런 작품이 나오려나? 아, 그럼. 어마어마한 작품이…

검을 든다. 휘두른다. 전설을 흉내 낸다.

딜러 나도 전설이다. 오, 묵직한데. 이름 하여 레, 전, 드. 빠밤 빠바밤 빠바밤! 내가 전설이다.

폼 더 졸라 잡는다.

딜러 더 이상 통장 잔고에 한숨 쉬고, 커 가는 애들 보며 왈칵 눈물 쏟던 감성파 아빠는 죽었다.

딜러, 자신으로 돌아온다.

딜러 맨날 레이저 봉이나 휘두르고, 지랄, 염병. 전설은? 나도 전설이다. 딜러계의 전설.

검을 휘두른다. 윙, 윙 소리가 난다. 널브러진 옷가지들 치운다.

딜러 선텐을 했을 것이고, 윈드서핑은 물론, 요트를 타고, 미스 하와이 어쩌고 저쩌고 하면서, 람바다를 추며 발광을 했을 테고. 도대체 글은 언제 쓸 거야. 언제. 회장님께서는 작품 탈고 언제 되냐고 닦달이시지, 정작 작가는 레이저 광선검 놀이나 하고 있지. (두리번) 대체 또 어디로 사라진 거야. 집중 안 된대서 전망 최고 좋은 하와이 7성급 호텔

잡아줬지, 서울에 남은 가족들은 햇볕 잘 들어오는 한남동 빌라로 이주 시켜 줬고. 대체 뭐가 부족해서 글을 안 쓰고 뭉그적거리는 거야. 홍은동 산비탈 가난한 달동네 어슬렁거리며, 가족도 내팽개치고, 경제관념이라고는 제로에 가깝던 놈을 키워놨더니 슬슬 기어오르기나 하고, 나이도 어린 놈의 새끼가.

언제 나타났는지 전설 팬티 차림으로 보고 있다.

전설 나이도 어린 놈의 새끼라고요?

딜러 아, 아니. 내 말은, 프런트에 있는 젊은 백인 놈이, 나만 보면 신분증을 제시하라고 해서… 나이도 어린놈이 말이야… 사람을 못 알아봐 사람을. 내가 이 호텔 VIP도 아니고, VVIP라고 몇 번을 말 해. 몇 번을. (밖에 대고 외치는) "나, 몰라. 드라마 딜러? 노? 유, 돈, 노? 헤이, 마이 VVIP 노?… 직원 교육 똑바로 시키라고"… 싸가지 왕 싸가지…

전설 침대가 불편해서 글을 못 쓰겠어.

딜러 (방백) 젊은 놈이 반말까지…

전설 지금 젊은 놈이 반말까지라고 속으로 생각하셨죠?

딜러 아, 아뇨. 저 전혀.

전설 침대가 너무 물렁거려. 난 물침대하고 안 맞나봐.

딜러 침대가 불편하시다고요? (꾹 누른다) 지난번에는 전망이 안 좋아서 필이 안 떠오르신다고…

전설	극작은 감입니다. 잠자리가 불편한데 감이 떠오르겠어요.
딜러	얼마나 쓰신 겁니까?
전설	어깨가 결려서 자판을 못 두드리겠어요. (팔을 높이 들다) 아, 아.
딜러	출렁출렁 물침대에서 자보는 게 소원이라면서? 요?
전설	솜이불 깔린 걸로 부탁해요.
딜러	여긴 하와이야. 미국. 미국 사람들 솜이불 깐 침대 안 써.
전설	(버럭) 서울에서 택배로 보내라고 하쇼 그라믄.
딜러	그, 그럼. 글 마무리는 언제쯤…
전설	당신이 극작을 알아. 다그친다고 글이 막 써져?
딜러	… 회장님이 기다리고 계셔서.
전설	회장님? 어떤 회장님? 대한민국에 회장이 한둘이야?
딜러	(실제 배우 이름) ○ 작가 왜 그래.
전설	○ 작가 왜 그래? 말이 짧으시네?
딜러	좋은 게 좋은 거라잖아.
전설	침대가 불편하니, 어깨가 결리고, 어깨가 결리니 손가락이 붓고, 손가락이 부으니, 컴퓨터 자판 치기 싫고, 자판 두들기지 않으니깐 상상력도 멈추고…
딜러	(무릎 꿇는다) 석고대죄라도 할까? (레이저 막대를 마치 주군에게 바치듯) 아님, 내 목을 치시든가. 회장님께서 ○ 작가 작품 소장하시는 게 생존 마지막 꿈이라는데 나도 살고, 회장님 명예 높여 드리고 우리 다 같이 살자. 응?
전설	내 작품이 명예를 높여?

딜러 그래, ○ 작가 작품 액자에 떡 하니 걸어놔 봐. 거실이고, 서재고, 회장실이고, 그냥 그 자체로 끝. 알잖아.

전설 침대 때문에…

딜러 당장 바꿀게 침대.

전설, 가운 걸친다.

딜러 언제까지 가능 하겠어?

전설 그쪽 회장은 내 작품이 왜 갖고 싶으실까? 지난번에도 하나 사 갔잖아.

딜러 대세를 따르겠다는 거겠지.

전설 대세?

딜러 작품 써서 무대에 올린다고 해도, 누구 하나 기대도 하지 않고, 신문 기사 한 줄, 평단에 주목도 못 받고, 그런다고 관객 많이 들어 돈이라도 실컷 벌어 봤어? 그런 시절은 다 잊어. 가치도 없던 그런 날은 아예 생각지도 마.

전설 말에 가시가 있네?

딜러 왜 그래. 전설이잖아. ○ 작가가 이젠 전설이야. 회장님 저택 거실 벽에 액자로 만들어 떡 하고 걸어 둘 건가봐. 그쪽 자식들이 한둘이야. 대대손손, 자자손손 물려주겠지. 희곡 작품 소장 하나면 재무 테크놀로지… 끝.

전설 뭐?

딜러 재무 테크놀로지. 기업이 자금의 조달이나 운용에 고도의

테크닉으로 금융 거래에 의한 이득을 꾀하는 거. 쉽게 말해 돈 장사. 재테크.

전설   아, 재테크. 알지 나도. 잘.

딜러   그럼, 재테크 모르는 사람이 있을라구? 그렇게 하자. ○ 작가? 팔 거지 작품.

전설   어깨가 결려서…

딜러   어디가 아파. 누워봐. 누워.

전설, 눕는다.

딜러   대한민국 부호치고 ○ 작가 작품 소장 안 하고 싶은 사람이 있겠어. 놔두면 천정부지로 가격이 막 뛰는데.

전설   하긴. 아. (아픈 듯)

딜러   왜 그래. 아파? 아, 많이 안 좋은가 보네. (더 주무르는)

전설   어제 집사람한테 전화가 왔더라고요.

딜러   (주무르기만) 제수씨, 서울에 있잖아.

전설   쓰다 만 작품이 하나 있었어. 오타가 나서 그냥 버렸거든. 그런데 박스 줍는 할머니가 우리 집 쓰레기통에서 버린 원고 뭉치를 발견하고 고물상에 팔았다나 봐.

딜러   그 할머니 로또 맞았네?

전설   (천진무구한 표정) 원고지 한 장 당 일억씩 받았는 개비여.

딜러   (마구마구 주무른다) 대체 원고지 몇 장을 쓰레기통에 버린 건데?

전설　　모르지, 한 열댓 장.

딜러　　헉, 그, 그럼, 15억. (혼자 소리) 제기랄, 드라마 딜러고 뭐고, 이 새끼 집 근처 어슬렁거리는 게 더 나은 거 아냐. 씨부랄.

전설　　(순진모드) 그럴 줄 알았으면, 습작시절에 쓴 것까지 죄다 버릴 걸 그랬나 봐.

딜러　　○ 작가? 기부의 천사다. 그래 바로 이런 게 전설의 상징 아니겠어. (안마 집중) 전설님의 몸을 주무를 수 있는 기회를 주셔서 영광입니다.

전설　　그런데 집사람이 귀찮아 죽겠다고 또 전화를 했더라고.

딜러　　아니, 왜?

전설　　투기꾼들이 집 주위를 전부 매각했대.

딜러　　왜?

전설　　그 동네에 고물상을 신축하기로 했다나 봐.

딜러　　아니, 거기에 회장님 댁이 있잖아. 한남동.

전설　　그래? 몰랐네. 집 팔고 다른 동네로 이사를 갔나보네 그럼.

딜러　　○ 작가. 이제, ○ 작가는 전설이 아니야. 그래. 신, 신이 된 거야. G, O, D, 갓. 신. 대한민국 최고 그룹 회장님까지 내쫓았으니… 신의 반열에 오른 거라고. 셰익스피어가 살았더라면 ○ 작가더러 형님 했을 거야. 오, 신이시여!

전설　　뭐 신까지야.

딜러　　(꾸벅 절을 한다) 신이시여. 오, 내 눈 앞에 있는 분이 신 맞나이까.

전설　　뭐 나만 그런가. 사단법인 한국 극작가협회 정회원들은 거의 모두, 기업들하고 계약해서 감금당하다시피 글 쓰는데, 사실 나도 따지고 보면 와이키키 해변 내려다보이는 호텔에 갇혀 있는 거나 마찬가지 아닌가 여기.

딜러 무슨 소리야. 이건 호사지 호사. 이 룸 하루 숙박비가 자그마치 오천만 원이라고. 오천. 웬만한 회사원 연봉보다 많은 액수야.

전설 그래? 몰랐네. 하긴 나도 연봉 오천이면 행복하겠다 했던 시절이 있었는데. 까마득하네. 그 시절에는 어떻게 살았나 몰라. (자조) 애 분유값이 없어서 헐떡거리던 시절이 까마득하게 느껴지네.

딜러 그래. 그딴 거 신경쓰지 마. ○ 작가는 글만 써.

딜러, 손뼉을 친다. 마치 목욕탕 때밀이 같이, 그러면 전설 발라당 등을 대고 눕는다. 딜러, 주무르다.

딜러 여기야? 여기?

전설 아니, 더 아래. 거기.

딜러 (파스를 꺼내 아주 세게 때리며 붙인다)

전설 아. 일부러 그런 거지?

딜러 갓 몸에 일부러 그러다니. 노, 노. 절대 노. 아프다며, 결리다며. 그럼, 언제까지 탈고가 가능하신지요?

전설 아직 시놉 단계라서.

딜러 지난달에도 시놉시스 단계라고 안 했던가.

전설   (순진모드로 딜러를 빤히 본다. 눈만 끔벅끔벅)

갑자기 돌변하는 딜러.

딜러   이런 씹 새. 콱 눈깔을 뽑아 볼라… 눈깔 깔아. 확. 나이도
어린놈이 극작가라고 깝쳐. 야, 이 새끼야. 내가 투자한 시
간이 얼만데 아직도 구상중이야. 씨발, 뒷발굽으로 써도
너보단 더 잘 쓰겠다. (레이저 막대 들고 전설 머리를 툭툭 때리면
서) 툭 하면, 짜증이나 부리고, 네가 애야. 뭐? 침대를 바꿔
줘? 임마, 슬슬 니 비위나 맞추고 있으니까 내가 알로 보
여? 이런 씨, 아후.

전설   (졸린지 꾸벅꾸벅)

딜러   겁대가리를 상실했나. 대가리 박아 새끼야. (다시 돌변. 혼자
소리) 이렇게 속 시원하게 뱉어내고 싶네.

전설   (코를 곤다)

딜러   (자는 전설을 보며 아주 나직하게) 씹 새끼, 잠만 잘 쳐 자네. 뭐?
어깨가 결려 잠을 못 잤다고? 넌 새끼야 침대 체질이 아니
라, 맨 바닥 체질이야. 날 때부터 몸에 지니고 있는 성질이
그냥 쌈마이라고. 세상 잘 만나 팔자 폈지. 그냥 흔하디 흔
한 싸구려 극작가.

딜러, 파스 하나를 꺼내 아프게 붙인다.

전설   (벌떡 일어나 앉는) 내가 잤나.

딜러   코까지 곯았어. 아주 깊게.

전설   꿈을 꿨어. 라스베이거스 엠쥐엠 호텔 로비에서 신작발표 기자회견을 하고 있었는디, 사람들이 땔싹 큰 극장에 모 태갖고 (실제 배우 이름) ○○○, ○○○, ○○○… 여그저그 서 막 카메라 불빛이 터짐서… 봐? 들어보랑께 내 이름 부 르는 소리 안 딕킹가…

딜러   어, 어? 어, (맞장구치는) 어어어어. 드, 들려.

전설   (자기 이름을 외치는)

전설이 자기 이름을 부르는 소리에 취해간다. 그러자 그 소리는 환청처럼 들리게 된다.

딜러   그랬겠지. 각국의 통치자들, 유명 연예인들, 거기에다가 세계 부호들까지 ○○○, ○○○, ○○○ 이름을 부르면 서 연호했을 거야. ○작가 손이라도 잡아보려고 행사장은 그야말로 아수라장이 되었겠구만. 어마어마 했을 거야 그 치? 안 봐도 비디오네. 대단해 (박수까지 친다)

딜러, 사화자로 돌변한다. 시상식장으로 변한다.

딜러   여러분 대한민국이 낳은 세계적인 극작가 ○○○ 선생님 을 모시겠습니다. 뜨거운 박수 부탁드립니다. 선생님, 이번에 발표하실 신작은 어떤 내용인가요? 지금 이곳에는 CNN, BBC, NHK, 신화통신, AFP 등 수 많은 언론사들이 선생님의 신작발표를 듣기 위해 모여 있습니다.

잔설. 무슨 말을 하려고 입을 떼자마자 카메라 불빛이 사방에서 터진다.

딜러   (기자들을 밀쳐내며) 질서를 지켜주세요 질서. 지금 뭐하시는 겁니까. 세계적인 극작가 ○○○ 선생님께서 귀한 시간 내셨는데…

전설   (여유롭게) 인류 보편적 가치인 행복과 사랑에 대한 실천론적인 접근을 통해 나를 성찰하고 나아가 미래 사회에 대한 갈증과 열망에 대한 담론을 펼쳐볼 생각입니다. (터지는 불빛 때문에 잠시 쉬는) 또한 실험적이면서도 예술적인 그러면서 인간 본연의 자세로 돌아가 세상에 왜 극작가가 필요한가 뭐 그런 이야기를 쓸 작정입니다. 더불어 동물과 인간, 또는 인간과 동물은 어떻게 다른가. 혹은 동물보다 못 한 인간은 누구인가. 뭐 그런 이야기지요. (환호성 소리 높아진다)

딜러   (기자가 되어) 그렇다면 선생님 신작은 언제쯤 만날 수 있는 겁니까?

전설   허허. 너무 조급하게 다그치지 마십시오. 때가 되면 만나겠지만, 아마도 그리 먼 시간은 아니지 싶습니다. 그전에

당부 말씀 드리고 싶습니다. 사라진 '오이디푸스 왕' 때문에 종교와 이념으로 지구촌이 양분되어 너무나 많은 에너지를 낭비하고 있습니다. 차제에 각국 지도자들이 얼굴을 맞대고 언제 터질지 모르는 전쟁과 불안의 공포로부터 지구를 구했으면 합니다. 강력히 호소합니다! (터지는 불빛) 그렇지 않으면 엄청난 재앙이 미래를 위협할 겁니다. 지금 우리가 숨 쉬고 살고 있는 현재는 미래를 살아간 인류에게 전해줄 위대한 유산이라는 것을 명심하십시오. 정중히 부탁드립니다.

딜러 (넋을 잃고 바라보다 거짓 감동을 받은 나머지 굵은 박수를 친다)

상황에서 빠져나오는 딜러, 점차 환호성이 잦아든다.

딜러 대단하다 ○ 작가.

전설 나는 말이여이, 배우가 되고 짢았네이. 배우.

딜러 배우?

전설 이, 배우. 멋찡가 안.

딜러 그럼. 연극의 꽃 배우. 멋지지. 킹 왕 짱.

전설 캬. 배우라…

딜러 극작가들 배우출신 많잖아. 셰익스피어도 배우였다지 아마.

전설 애랬을 적인디이, 우리 동네 장날에이, 약 장시들이 왔었네이, 근디이. 나는 약 폴던 그 여배우가 그렇코롬 좋드란마시. 아조 폭 빠져붓응께. 분내, 향내, 오메, 지금도 그 냄

시가 요 코 끄트머리서 맴돈 것 같네이. (딜러의 코를 끙끙)

딜러   그래서?

전설   그 여배우가 하다 보고자파갖고이, 읍내 여관 벼랑박을 넘다가, 아부지한티 앵캐갖고 디지게 터졌붓네. (아버지처럼) "니가 커서 뭐시 될라고 그냐 이 써글놈아. 니도 조 조 딴따라들 맹키로 살고 자파서 그라냐." 대가리가 커짐서 알았네. 그 딴따라들이 연극배우라는 것을. 그때부텀 내 꿈은 오직 하나. 연극이었네이.

딜러   꿈을 이루었네.

전설   꿈? (으쓱) 긍께이, 꿈은 이루어진다고 글등만이.

딜러   ○작가, 비하인드 스토리가 예술이네. 작품이다.

전설   고등학교를 졸업하자마자 불알 두 짝만 차고, 앙끗도 모른 체 상경을 했네이. 연극을 할라믄 연극과를 가야것등만이, 그래야 배우를 하제이, 근디이, 연극과는 시험 볼 때마다 떨어져불등만이, 오메 속에서 천불이 나는디 아조 환장을 하것등만이, 근디이, 행운은 아조 희한한 디서 찾아와불등만이, 시험 감독을 했던 교수님이 글드라고, "방금 연기시험 대상 작품이 뭡니까? 그 인물은 누구지요?" "그냥 지가 쓴 것인디라우" "매번 시험 떨어져 안타까운 심정에서 한 마디 드리겠습니다. 차라리 연기전공에 응시하지 말고 다음 해에 극작전공으로 시험을 다시 볼 생각은 없습니까?"

딜러   야, 그렇게 된 거구나. 몰랐네.

전설 전라도 깡촌에서는이, 놀 것이 앙꿋도 없었네이, 산 너머 산. 나는 저 산 너머에는 세상이 없는 줄로만 알았응께. 그래서 늘 글을 씀서 놀았었제. 상상은 돈이 안 등께 말이여.

딜러 탁월한 선택이었네.

전설 요런 존 날이 올라고 그랬는 갑서.

딜러 나도 극작과나 문창과 하다못해 국문과라도 갈 것을. 요샌 대학이 기업의 하청, 직업훈련소로 전락해버렸잖아. 희곡작품 소장하는 시대가 부의 상징이 될 줄 누가 알았겠어. 피카소, 고호, 샤갈, 로댕, 고갱, 다 빈치, 김홍도, 이중섭, 박수근, 그리고 행복한 눈물을 그린 팝 아트의 선구자 리히텐슈타인의 미술품들이 황학동 개미시장에 굴러다니더라고.

전설 쯧쯧쯧. 안 되부렀네이. 우짜다가 그라고 되불었으까이. 피카소는 세계적으로도 겁나게 유명한 화가 아니드라고이, 이중섭은 우리나라를 대표하는 화가고. 짠항만이. 유족들이 생존해 있으믄, 내 습작시절 작품이라도 건네고 자푸네이.

딜러 시대를 잘 못 만난 탓이지. 지금, 극작과 문창과 희곡전공이 의대보다 수능 점수가 훨씬 높잖아. 경쟁률은 상상을 초월하고…

전설 하긴, 신춘문예 희곡 한 편만 당선돼도 삼대가 편하게 먹고 사는 세상잉께이.

딜러 그래서 말인데, 지금 구상중인 작품은 어떤 거야? 회장님이 정말 궁금해 하시거든.

전설　일체유심조(一切唯心造)

딜러　엉?

전설　모든 것은 오로지 마음이 지어내는 것.

딜러　아, 일체유심조. 그러니까 마음에 다 있다 이거지. 여기에 응?

전설　보고 싶어?

딜러　영광이지. 대한민국이 낳은 세계적인 극작가의 첫 시놉시스를 볼 수 있는 사람이 누가 있겠어. 이건 가문의 영광이야. 나 인증샷 찍으면 안 될까?

전설　(으쓱) 노 프라브럼.

딜러　땡큐, 땡큐. 이럴 땐 ○ 작가 천사 같은 거 알지.

딜러, 전설과 같이 인증샷.

딜러　(컴 본다) 야, 이렇게 써내려가는구나. (한참을 본다) 침팬지?

전설　응, 제목이야.

딜러　어떤 내용인데.

전설　읽어봐. 거기.

딜러　(읽는) 서울 강남의 고급 아파트에서는 최근 '배달사원의 승강기 이용을 금지한다'는 경고문이 나붙었다. 배달원들은 반드시 계단을 이용해야 하며, 만약 개선되지 않을 시 이에 상응하는 강력한 조치를 취하겠다는 것이다. 승강기 고장과 전력 낭비, 입주민들이 승강기 사용에 불편을 겪

기 때문에 제한이 불가피하다는 것이다. (이게 무슨 이야기일까라는 투로 본다)

전설 심볼. 상징성이라고 해두지.

딜러 상징?

전설 음, 조금 더 문학적으로 접근하자면 '객관적상관물'이라고 나 할까?

딜러 난 이론엔 약해서… (나직이) 객관적상관물이라… 객관적상관물.

전설 글쓴이가 감정을 표현하기 위해 그 감정을 직접적으로 서술하는 것이 아니라 어떤 사물의 특징이나 모양, 행동 등에 의미를 부여해서, 자신의 감정을 간접적으로 담아내는 표현 방식을 말하는 거야.

딜러 (진짜 감동) 아 – 아.

전설 여기서 난 고급아파트에 사는 사람들을 침팬지만도 못 한 인간으로 그려내고 싶은 거야. 다시 말해 침팬지도 사회적 본능에 따라 배려하고 협력할 줄 아는데, 자신들이 조금 더 잘 산다는 이유 하나만으로, 같은 인간을 상식 이하로 대하고 있잖아.

딜러 오, 객관적상관물. 완벽하지는 않지만 이해가 되는 것 같아. 야, 이러니깐 정말 작가 같다.

전설 (심기가 불편) 뭐?

딜러 아, 아냐. 아냐. 실언을 했네. 너무 위대해 보여서. (화제를 바꾸는) 어, 극과극 이건 또 무슨 내용이야? 도스토옙스끼의

죄와 벌 같은 건가?

전설 뭐 그렇다고 볼 수도 있지. 60대 남자들의 이야긴데, 한 남자는 결혼식장에서 축의금 15만 원을 훔친 죄로 징역 3년을 살았고, 또 한 사람은 40개의 계열사를 거느리고 있는 재계 10위권 재벌의 총순데 회사에 1500억이 넘는 손해를 입혔는데도 풀려났어. 나는 이 스토리를 배경으로 해서, 실제 무대에서는 허구적 사건을 추가한 다음, 이들이 풀려나는 대목에서 시작해 죄를 범하는 시점까지를 역으로 추적할 거야.

딜러 객관적상관물이네.

전설 아니지. 아냐. 이럴 땐 '낯설게 하기'라고 해야 맞는 거야.

딜러 (나직이) 낯설게 하기? 그건 또 뭔데?

전설 일상화되어 친숙하거나 또는 참신하지 않은 사물이나 관념을 특수화하고 낯설게 하여 새로운 느낌을 갖도록 표현하는 문학적 기법인데, 여기에서 두 노인의 삶을 역으로 추적하는 방식을 사용했기 때문에 '낯설게 하기'라는 표현이 정확해. 물론 개별적으로는 객관적상관물이라든가, 아까 말했던 상징, 더 나아가 서사극적인 기법을 도입해서, 갈등을 증폭시키고 긴장감을 부여한 다음 궁극적으로는 클라이맥스에서 어떤 쾌감을 줄까 해. 그러면 주제가 선명하게 드러날 테고, 작가가 말하고자 하는 부조리한 사회에 대한 신랄한 고발과 풍자가 훨씬 더 풍성하게 도드라지겠지. 어때?

딜러   (자신도 모르게 박수를 친다) 감동이다. 강의를 듣는 것 같아. 교수 같애.

전설   비행기 태우지 마.

딜러   아냐, 정말이야. 난 이렇게 강렬한 문학 강좌는 들어본 적이 없거든.

전설   그래?

딜러   (끄덕)

전설   나는 오늘 신도 되고, 천사도 되고, 교수도 되어보고 좋네.

딜러   그래서 말인데, 나한테 작품 팔 거지? 회장님이 무진장 기다리시거든.

전설   계약서 쓸까?

딜러   (무릎을 꿇는다) 영광이지 그럼 나야. (서류 내민다)

전설   볼펜?

딜러   (품에서 얼른 볼펜을 꺼낸다)

전설   (사인을 하려다 읽는다) 수수료의 10퍼센트를 드라마 딜러에게 양해한다. 10퍼센트로 먹고 살겠어. 15 줄게.

딜러   시, 십오 빠센트씩이나⋯ (와락 껴안는) ○작가는 기부천사야.

전설   답답해. 놔.

딜러   (볼에 연속 **뽀뽀를**)

전설   (볼 닦는)

딜러   (계약서를 후후 분다. 노래조로) 행여나 먼지라도 날아와 달라붙을까 조심조심. 잉크야 빨리 말라라 후후.

딜러, 가방에서 포도주와 잔을 꺼낸다.

전설   뭐야?

딜러   우리의 계약이 성사되었음을 축하하는 의미로다가 건배. (잔에 따른다)

전설   건배!

딜러   캬. 죽이지. 맛. 실은 회장님이 특별 선물로 주신 거야. 로마네 꽁띠, 프랑스 산. 알지? 한 병에 1만 5000천 파운드. 우리 돈으로 대략 이천오백만 원 쯤. ○ 작가 덕에 이런 것도 먹어보고. 호강하네 나.

전설   로마네 꽁띠.

딜러   (방정맞게 입안에서 굴리고 삼킨다) 향이, 야. 차원이 다르네.

전설   (가글을 하듯 입을 행구며 삼킨다) 으 - 음. (확 변한다) 난 잘 모르겠는데. 포도주는 다 거기서 거기 아닌가. 동네 슈퍼에서 산 것하고 같은디.

딜러   무슨 소리야. 신맛이 확 땡기잖아. 로마네 꽁띠 포도밭의 면적은 4.5에이커 즉 1만 8210평방미터밖에 되지 않는 아주 작은 과수원이야. 더구나 포도주는 프랑스 전통 유기농법으로 재배되기 때문에 포도나무 세 그루에서 달랑 한 병밖에 생산되지 않는 희귀품이라니까. 매년 사백 병 정도가 나올까 말까 한다고. 로마네 꽁띠! 내 생에 로마네 꽁띠를 다 마셔보고.

전설   (딜러 본다)

딜러　？ 왜…

전설　안 갈 거야?

딜러　나? 응, 가, 가야지. 가. 계약했으니까. 회장님께 보고도 하고… 그런데 말이야. 침팬지도 그렇고, 극과극도 그런데 좀 사회 고발적인 냄새가 나지 않아? 극과극은 우리 회장님 같은 사람들 비꼬는 이야기 같기도 하고.

전설　사회 고발적이라…

딜러　오해는 하지 말고. 나는 조금 더 대중적으로 갔으면… 아니면, 침팬지와 극과극을 하나의 연결 고리로 만들면 어떨까…

전설　하나의 연결 고리라? 그거 좋은 생각인데.

딜러　아냐, 내 의견은 그냥 무시해도 돼. (입을 때리는) 주둥이. 방정맞은 주둥아리.

전설　연극이 뭐라고 생각하나?

딜러　너무 철학적인 질문을 던지니까 갑자기 당황스럽네.

전설　연극은 말이야. 시대의 정신. 그 사회를 바라보는 거울. 그러면 극작가는 희곡을 어떤 자세로 써야 할까. 내가 이 시대를 어떻게 바라보느냐가 내 모토라고. 가치관 뭐 세계관이라고 해도 상관은 없고, 또 사상, 관념, 더 나아가 이데올로기까지. 작가의 총체적 질서가 결합된 생산물이 바로 내 연극의 정체성이라고.

딜러　아, 그럼. 당연하지. 그런데 말야, 그 작가의 정체성을 말이지, 대중들의 눈높이에 맞추면 어떨까?

전설	대중들?
딜러	이를테면… 사랑 이야기 같은 거…
전설	사랑?
딜러	그래, 사랑.
전설	… 사랑 좋지.
딜러	좋지, 사랑.
전설	말랑말랑 하고.
딜러	야리꼬리 하지.
전설	에로틱 하지.
딜러	흥분도 되고.
전설	상상 그 이상이야. 그치?

두 남자 서로 교태를 부리며 몸을 비비 꼬기도 하고, 섞이도 하고… 음악도 야리야리 흘러나오고…

딜러	생각만 해도 흥분되잖아.
전설	망사 스타킹 쫙 신고…
딜러	하이힐, 난 빨간 색이 좋더라…
전설	허리는 잘록.
딜러	엉덩이는 적당.
전설	가슴은 풍만.
딜러	목덜미는 가늘고… (전설의 귀에 대고) 후…
전설	흠, 몸이 뜨거워지네.

딜러	후.
전설	더 불어 줘. 힘껏.
딜러	후, 후우 –
전설	이럴 땐 말이여이, 미스 하와이가 필요하단 마시. 앙가? 미스 하와이.

전설, 옷을 벗는다. 팬티차림.

| 딜러 | 금발의 미녀, 죽이지. |

딜러, 가방에서 큰 수건을 꺼내 허리에 묶는다. 훌라춤을 추기 시작한다.

| 전설 | 욜라 와봐야. 아조 지대로 스텝을 뽑아 볼게. |

전설, 딜러 격정의 춤을 춘다. 음악이 흐른다.

전설	오늘 너랑 나랑 아조 불타는 시간을 보내불자. 미스 하와이. 컴온.
딜러	오, 베이비. 컴, 컴.
전설	욜로 와봐야.
딜러	(책상 위로 뛰어오른다)
전설	(레이저 봉으로 책상 가운데 꽂는다)
딜러	(수건으로 봉을 건다)

책상 위에 닻이 올랐다. 두 남자 윈드서핑을 즐긴다. 전설 책상을 밀면, 딜러는 황홀하게 파도를 탄다. 방향을 바꾸는 책상.

전설 파도야 와라 와. 내가 다 상대해주마. 야호. 이 야호. 더 이상 두렵지 않다. 나를 삼켜봐. 댐벼보랑께. 오우, 와우. 와. 여기가 천국이다. 나는 일 년 열두 달 매일 서핑을 탈 것이여. 맑은 바다, 깨끗한 하늘, 선선한 바람. 여그가 무릉도원이고 여그가 율도국이랑께. 오우, 와우. 미스 하와이? (책상으로 올라간다)

딜러 응?

전설 어찌냐?

딜러 좋아. 아주.

전설 겁나게 시원해 불지야이?

딜러 천국 같어.

전설 천국?

딜러 응, 천국.

전설 그려. 가슴이 뻥 뚫려붕 것 같지 않냐.

딜러 저, 수평선 너머에는 뭐가 있을까?

전설 보고 자프냐?

딜러 응. 아주 많이.

전설 글믄 꽉 잡아라이. 저짝으로 가불랑께. 간다이.

딜러 응. 가. 저기까지 꼭.

전설 고고, 씽씽. 고고여.

딜러   오케이. 나도 고고. 간다 간다 뿅간다.

전설   (포도주를 마시고 딜러를 준다)

딜러   (마신다)

전설   수백의 오케스트라가 연주하는 교향악 소리가 들리지 않
냐. 쩌기?

딜러   들려요. 아주 잘.

점점, 취해가는 두 남자.

전설   죽인다 기분.

딜러   째진다 기분.

전설   날개가 있다믄 훨훨 날아불었으믄 쓰것네.

딜러   날았으면 좋겠다 훨훨.

전설   그라믄 날라 불까?

전설, 닻에 매달린 천을 어깨에 두른다.

전설   야, 니만 전설이냐. 나도 전설이다.

딜러   그럼 나도 전설이다.

전설   야, 전설이 나간다. 길을 비켜라.

딜러   비켜라 길. 전설이 나간다.

전설   나는 수퍼맨이다. 얍!

전설, 책상에서 뛰어내린다. 파도 소리가 높다. 두 남자, 취기에 주저앉는다. 파도 소리 더 높아간다. 전설, 넘어졌다. 아프다. 취했다. 끙끙댄다. 딜러는 벌써 꼬꾸라져 자는지 조용하다. 멀리서 고물장사 마이크 소리 들리면서 점점 어두워진다. "고장 난 냉장고, 세탁기, 텔레비전, 에어컨, 컴퓨터 삽니다. 고장 난 밥통, 오디오, 김치냉장고, 세탁기, 컴퓨터, 에어컨 실외기 각종 가전제품 삽니다. 고물 삽니다."

2.

무대 밝아지면 어지럽게 널브러진 책상, 노트북, 술병, 수건, 구겨진 에이포 종이, 굴러다니는 물병. 전설은 이제 작가로 돌아온다. 달랑 팬티만 걸치고 쭈그려 자는 작가. 여전히 들리는 장사치의 소음.

작가　미스 하와이. 미스… 홀라홀라, 홀라춤 추자…

진동모드로 울리는 스마트폰. 손을 더듬어 스마트폰 찾는다. 그러나 꺼지는 폰.

작가　미스, 하와이… 아이고, 머리야… (취기가 있는 듯 물을 찾는다. 겨우 책상에 기대고 앉아 물을 마신다. 그러나 빈 병이다. 휙 던진다)

진동모드로 울리는 스마트폰. 작가, 건성으로 보고 닫는다.

작가　(무대 밖으로 나가서 주전자를 들고 온다. 얼마나 마셨는지 걷기도 힘들다. 한참 동안 물을 마시며 들어선다)

다시 울리는 스마트폰. 보고 닫는다.

작가　　(주위를 본다. 꼬락서니 참 가관이다라는 표정이다. 긴 한숨)

다시 울리는 폰.

작가　　(받는) 어, 형… 연습실… 잤어 그냥… (하품) 들어갈 택시비
도 없고. 어딘데? 그러면 올 때 컵라면 사와. 새우 맛으로.
속 쓰려. 응. 알았어. (끊는 동시에 다시 울리는 폰) 형, 왜? (다른
사람인 듯 한참 듣고 있다) 미안해. 스마트 폰을 진동으로 해놔
서 못 들었나봐. 끊긴, 받으려니까 끊기던데. 여기? 연습실
이지 어디겠냐? 술? 조금. 아니야, 정말이야. 조금밖에 안
마셨어… 애들은 학교 갔고? 미안해. 작품 탈고될 때까지
만 봐주라. 알잖아. 집에 들어가면 집중 안 돼서 작업 안
되는 거. (버럭) 그럼, 나더러 어떻게 하란 말야. 연극인 학
부모 협동조합에서 애들 돌봄이 해준대. 거기 맡기던가.
글은 써야 될 거 아냐. 공연은 해야지. 아님 장모님한테 애
좀 봐달라고 하던가… 누가 지금 놀고 있니? 그래 나도 하
늘에서 돈다발 좀 떨어졌음 좋겠다.

언제 왔는지 연출(딜러)이 들어와서 보고 있다.

작가　　(다시 주전자 물) 몰라, 끊어. 끊어. 이따 전화할게.
연출　　제수씨냐? (컵라면 휙 던지는)
작가　　(대답 없고)

연출   제수씨한테 화 좀 내지 마라. (널브러진 연습실을 정리한다)

작가 옷 추슬러 입고 나가다 다시 들어와 컵라면 봉지 들고 나간다.

연출   (밖에 대고) 한국예술인 복지재단에서 예술인 긴급복지 지
            원사업 접수를 하더라. (크게) 듣고 있냐?
작가   (안에서) 응.
연출   거기 신청해봐라. 최저임금법상 최저임금액을 산출해서,
            매달 백만 원씩은 받겠더라.
작가   (안에서) 몇 달 동안?
연출   30세 이상, 10년 미만 활동경력이니까 한 오 개월쯤.

작가, 나온다. 머리며 옷을 깔끔하게 정리했다. 손에는 따뜻한 물
을 부은 컵라면.

작가   그냥 한꺼번에 오백만 원 주면 안 되나. 뭘 그걸 액수를 나
            눠. 치사하게. 예술가들이 거지야. 적선해?
연출   그러게 말이다. 예술가가 배불리 먹고 살겠다는 것도 아
            니고, 그냥 작품 활동이라도 활발하게 할 수 있게 해줬으
            면 좋겠다. 그게 진정한 복지제도 아닌가.
작가   (컵라면 보이며) 먹을래?
연출   싫다. 컵라면 물린다. 신물 난다.
작가   연습실의 상비약 컵라면.

연출	이번 달, 임대료는 어디서 땡기냐. 극단 대표는 이래서 힘든 거야. 응?
작가	형은 애도 없잖아. 참, 지원금신청 한 거 어떻게 됐어?
연출	다 떨어졌다. 다. 서울문화재단, 한국문화예술위원회. 우리는 왜 족족 떨어지냐.
작가	(바닥에 널브러져 앉아, 배를 득득 긁다가 어마어마한 방귀를 날린다)
연출	아, 새끼 거. 냄새…
작가	(웃는다)
연출	웃음이 나오냐.
작가	그럼 우냐? 울어?
연출	작품도 못 해, 지원금도 다 떨어져. 참, 거시기 하다.
작가	(후루룩 라면을 먹는다)
연출	(포도주 병 보며) 누구랑 마셨냐?
작가	미스 하와이. 죽이더만 쭉쭉 빵빵. 파도가 일렁이는 깨끗한 바다에서 윈드서핑 해본 적 있어? 그거 죽인다. 물안개 튀고, 스피드는 죽이지, 옆에는 바비인형 걸바가 내 허리를 꽉 쪼이는데… 판타스틱… 그걸로 끝.
연출	(발로 찬다) 미친 새끼.
작가	(먹다 국물 튄다) 앗, 뜨거.
연출	너, 이러는 거 집에서도 아냐? 완전 맛땡이가 갔구만.
작가	먹을 땐 개도 안 건드린다는데.
연출	맛있냐?
작가	컵라면 죽인다. 난 새우 맛이 좋더라고. 해장에는 와따랑께.

연출	(청소를 한다. 먼지가 날린다)
작가	형, 쫌. 먹자.
연출	오늘 연습실 대관 있어.
작가	나더러 여기서 작업하라며, 며칠 동안 연습실 대관 안 한다며.
연출	그럼, 네가 임대료 내던가.
작가	알잖아 내 형편. (국물까지 쭉 마시고) 캬, 국물 죽인다.
연출	(먼지 더 털고)
작가	혀어엉.
연출	징그러워 떨어져.
작가	(연출 코에 바싹 대고 거대한 트림)
연출	하, 새끼. 정말 더러운 짓은 다 골라 하네.
작가	일국의 극작가가 이런 홀대를 받아가며 글을 써야겠어.
연출	글이나 잘 써오던지.
작가	거의 다 완성했어.
연출	극과극? 15만 원 훔친 죄로 징역을 살고 나온 어느 노인과, 40개 계열사를 거느리고 있는 대기업 총수가 회사에 1500억 원 손실을 입히고도 무죄판결 받은 두 사건 비교하는 이야기.
작가	(무슨 말을 하려는데)
연출	인마, 넌 그 얘기가 재밌냐? 작품성은 있는 거 같애?
작가	연극이 꼭 재밌어야 해. 연극은 시대의 정신이라며? 그건 형이 줄기차게 해 온 주장이잖아.

연출 극과극은 그냥 사건 고발 프로그램 같어. 허구성이 있어야 이야기가 신선하지. 있는 그대로 보여주면 뭐하냐. 다큐멘터리를 보는 게 낫지.

작가 러시아 형식주의자들이 주창한 '낯설게 하기'기법을 희곡 창작에 도용하는 건데 그게 왜 신선하지 않아.

연출 관객이 낯설게 하긴지, 익숙하게 하긴지 알 필요는 없잖아. 좀 재미난 이야기를 쓰란 말이다. 넌 너무 고리타분해. 영화, 드라마를 봐라. 얼마나 충격적이고 럭셔리하냐. 그런데 넌 너무 낡았어. 그래서 재미가 없단 말이야.

작가 (시침)

연출 삐쳤지?

작가 아니.

연출 삐쳤구만.

작가 (버럭) 안 삐쳤당게.

연출 근데 왜 화를 내고 그래 새끼야.

작가 (득득 발꼬락을 긁어 대는) 씨발놈의 무좀은 왜 이럴 때 지랄이야.

연출 추잡 삼종 종합세트다. 방귀, 트림, 무좀.

작가 바로 이건 게 낯설게 하기야. 느닷없이 더럽게 보이잖아.

연출 (본다)

작가 (웃는다)

연출 새겨들어. 평론가들이 너한테 대놓고는 말 못하지만, 술자리에서 들리는 소리가 그렇다는 얘기란 말야.

작가   그럼, 이 이야긴 어때? (얼른 노트북 앞으로 내민다)

연출   침팬지?

작가   응, 제목도 확 땡기지 그치?

연출   (읽는) 서울 강남의 고급 아파트에서는 최근 '배달사원의 승강기 이용을 금지한다'는 경고문이 나붙었다. 배달원들은 반드시 계단을 이용해야 하며, 만약 개선되지 않을 시 이에 상응하는 강력한 조치를 취하겠다는 것이다. 승강기 고장과 전력 낭비, 입주민들이 승강기 사용에 불편을 겪기 때문에 제한이 불가피하다는 것이다. (이게 무슨 이야기일까 라는 투로 본다)

작가   심볼. 상징성.

연출   상징?

작가   음, 조금 더 문학적으로 접근하자면 '객관적상관물'이라고나 할까?

연출   객관적상관물이 밥 먹여 주냐?

작가   여기서 난 고급아파트에 사는 사람들을 침팬지만도 못 한 인간으로 그려내고 싶은 거야. 다시 말해 침팬지도 사회적 본능에 따라 배려하고 협력할 줄 아는데, 자신들이 조금 더 잘 산다는 이유 하나만으로, 같은 인간을 상식 이하로 대하고 있잖아.

연출   굳이 꼭 연극으로 봐야 될 필요가 있을까? 그런 내용은 소설에서도 많이 봤고, 또 지난 수년 동안 연극으로 익히 봐 왔던 거 아냐?

작가	…
연출	재밌냐? 넌?
작가	난, 적어도.
연출	○ 작가, 관객의 입장으로 돌아가 보자. 너 같음 이 이야기를 몇 만 원씩 내고 보겠냐? 혼자 보는 것도 아니고, 연인끼리, 친구끼리, 한가한 오후에 데이트하러, 문화생활을 즐기러, 북적거리는 대학로까지 나와서. 연극 침팬지를 볼까? 현재 대학로 언저리에는 200개의 크고 작은 극장에서 연극이 올라가고 있는데, 꼭 침팬지를 봐야하는 이유가 뭘까? 작품 제목도 무슨 동물원이야?
작가	형은 뭐 대단한 연출간 줄 알아?
연출	뭐?
작가	형? 지원금신청 줄줄이 떨어진다고 원망하지?
연출	무슨 말이 하고 싶은데?
작가	지원금신청 선정 단체들의 면면을 봐.
연출	받을만한 단체들이 받았더라는 말 하고 싶은 거지?
작가	굳이 평계를 대자면.
연출	넌 배알도 없냐? 진정한 예술적 행위마저도 행정가들의 편의로 만들어 놓은 테두리 안에서 평가를 받아야 하는 시대가 암담할 뿐이다. 경쟁에서 살아남고 반드시 성과물을 만들어 내야하고, 이건 시장경제에서도 충분하잖아. 그냥 예술은 예술이야. 예술이 죽은 시대, 아니 예술가들의 삶의 질이 보장받지 못 하는 시대에, 지원금 신청 떨어진

게 대수냐. 개가 웃겠다. 이 지랄 옛 같은 세상에 예술이 사라진다면, 연극이 없다면 어떻게 살겠냐. 어디다가 하소연을 하겠어. 우리라도 버티고 있어야지. 그래서 수 세기 전부터 광대들이 존재했는지도 모르지.

작가 좋다. 술이 확 깬다. 그래서 내가 형을 인정해. 그런데 당장 주머니가 비었다. 술푸다.

연출 슬픈 거야? 술 푼 거야?

작가 둘 다.

연출 정말 좋은 작품 만들고 싶다. 폼 나게. 진지한 작가 만나서… (작가를 한참 본다) 그래서 난 너한테 기대가 많았고. 그런데 넌 갈수록 사회적 문제에만 관심이 있고, 정작 연극성과는 거리가 먼 작품들을 탈고하잖아. 최소한 패기 넘치던 초기엔 네 작품은 촌철살인으로 관객들을 웃고 울렸잖아. 난 아직도 네 눈빛을 잊지 않고 있다. 전라도 깡촌에서 아무것도 모르고 상경했다고, 잘 부탁한다고, 연극에 목숨을 걸겠다고 했던 너 아니냐.

작가 그랬지.

연출 넌 어떤 작가가 되고 싶냐?

작가 잊어버렸어. 내가 뭘 꿈꿨는지조차도.

연출 원래부터 없었을까.

작가 (의기소침) 왜 없겠냐. 먹고 살기에 바빠, 글이 잘 안 나온다. 그래서 극단 연습실 지하에 쭈그려 앉아 전전긍긍하고 있잖아. (울컥) 나 때문에 고생하는 애엄마 생각만 하면 정말 심장이 터져버릴 것 같다. 난 왜 이 모양 이 꼴일까. 버럭버럭 마누라한테 신경질이나 부리고. 나이만 먹고, 해 놓은 건 아무것도 없고, 자꾸 후배들한테 뒤처지기만 하고, 벌어 놓은 돈도 없고, 남들은 다 잘 나가는 것 같은데, 나만 왜? 왜?

사이. 긴 침묵.
다시 들리는 "고장 난 냉장고, 세탁기, 텔레비전, 에어컨, 컴퓨터 삽니다. 고장 난 밥통, 오디오, 김치냉장고, 세탁기 각종 가전제품 삽니다. 고물 삽니다."

작가 내 몸도 고장 났다고. 나를 폴아 불고 자프다고. 거기, 고장 난 남자도 사요? 부품도 엉망이고라우, 연식도 오래됐고, 생각은 멈춰버린 쓰잘데기 없는 남자도 사냔 말이요? 나 같은 고물도 사요? 사? 어따 내다 폴아 블믄 쓰것어. 아무짝에도 없는 쓸모없는 몸뚱아리. 아, 우라질.

연출 (토닥인다. 물을 따라 준다)

작가 (벌컥 마신다)

연출 연습실 뺄란다.

작가 뭐?

연출 연습실 뺀 돈으로 작은 트럭 하나 살 거다.

작가 트럭?

연출 과일장사라도 해야겠다. 마침, 가락동 도매상하고 연결해

준다는 선배도 있고 … 너도 생각 있음 같이 하던가.

작가　대한민국 최고의 연출자가 되겠다며? 버티고 있자며?

연출　현실은 그렇다. 더 이상 버틸 재간이 없다.

작가　형이나 나나 참 거시기 하네이.

연출, 청소를 한다.

작가　(짐을 챙긴다)

연출　(쓰레기통에서 뭔가를 발견한다)

작가　형, 갈게.

연출　(계속 보고만 있는)

작가　(나가며) 과일장사는 생각 좀 해볼게.

연출　야, 야, 야. 야. (급하게 부르며, 계속 종이를 본다)

연출, 구겨진 종이를 본다. 깔깔깔 웃는다.

작가　뭐? 왜 웃고 지랄이야. 맥 빠지게. (나가는데)

연출　(붙잡는다)

작가　가람서. 연습실 대관 있담서.

연출　이거다, 이거. (종이 내민다)

작가　그거 구상하다가 버린 거야.

연출　(작가의 볼에 뽀뽀)

작가　더러워.

연출   야, 이걸 왜 버려. 이거야, 이거. 이런 이야기가 진짜 재미난 이야기라고. 살아있잖아. 가슴에 팍팍 와 꽂히잖아. 딱 한 줄만 읽어도 벌써 구미가 돈다. 너, 거기 앉아. (작가의 가방을 빼앗는다)

작가   왜 그래 진짜.

연출   네가 왜 쓸모가 없어. 난 너를 진작 알아 봤잖냐. 씹째, 너 이거 다른 극단하고 하려고 나한텐 입 닫은 거지.

작가   뭔 소리야. 어제 술김에 몇 자 적은 거라고.

연출   이 새끼 이거. 이 작품, 목숨 걸자. 내가 빚을 내서라도 무대에 올린다. 제목부터 죽인다. 캡이다 캡. (힘주어) 나도 전설이다!

작가   과일장사 한담서?

연출   인생엔 행복 총량의 법칙이 있어.

작가   뭐? 귀신 씨나락 까묵는 소리 하고 있네.

연출   인간에게는 행복할 권리가 있는 거야. 우리에겐 아직 행복이 오지 않았던 거야. 이젠 고통 끝, 행복 시작이다.

작가   정말 재밌어?

졸라 무게 잡고 읽어 내리는 연출

연출   (정확하게 다 읽지 않고 대강 대강 훑어 읽는 느낌) 인류는 새로운 문제에 직면했다. 몇 해 전, 프랑스 왕립박물관 증축 과정 중, 지하 창고에 매장되어 있던 '오이디푸스 왕' 초판본이 발견… 그리스 비극의 대가 소포클레스가 나무껍질… 경매가가 10조원, 프랑스와 그리스가 저작권 문제, 외교전, 자국의 경제사정이 악화된 그리스, 일반인에게 전시되었던 '오이디푸스 왕'이 도난… 그리스 정부는 (변하며) 이, 기발한 발상. 너무 흥분해 말이 헛 나온다야. 빌 케이츠는 셰익스피어 작 '햄릿'의 최초 공연 희곡을 소장하기 위해 (읽다가 품어 버리는) 바탕화면을 빌 케이츠가? (깔깔댄다) 극작가의 희곡 한 편 소장이 인생 최고의 목표가 된 그런 시대. (박수를 친다) 대단. 감히 누가 이런 생각을 하겠냐? 너니깐 가능한 거야. (배꼽을 잡고 쓰러진다) 뭐? 박스 할머니가 쓰다만 원고지 한 장에 일억을 받고 팔아?

작가　　그냥, 하도 우울하고 찌질해서, 내 삶이.

연출　　술 마시고 썼지?

작가　　맨 정신에 썼겠냐 형 같음.

연출　　술 더 사줄게.

작가　　속 쓰려.

연출　　새우 맛 컵라면 세트로 사다 놓는다.

작가　　병 주고 약 줘.

연출　　그 다음은?

작가　　뭐?

연출　　클라이맥스는 어떻게 처리할 건데?

작가　　모르겠어.

연출　　그럼, 네가 말하고자 하는 바가 뭐야?

작가 없어. 특별한 거. 뭐, 예술은 위대하다. 극작가는 위대하다. 연극은 위대하다. 뭐 이런 거.

연출 그래. 쉽잖아. 어려운 연극인들의 삶을 풍자하고 있잖아. 그들이야말로 이 시대에 필요한 존재라고. 그치?

작가 뭐, 그런 셈이야.

연출 어렵지 않고. 관객들도 쏙쏙 귀에 들어오겠다. 당장 하자 오늘부터. 배우도 딱 좋네. 전설 그리고 딜러. 딸랑 두 명. 2005년 노벨 문학상을 받은 영국의 극작가 '해럴드 핀터' 는 1980년대에 이르러 그의 극작품에 등장하는 인물을 두 명 내지 세 명으로 줄였어. 너 그 이유가 뭔지 알아?

작가 제작비 때문에 그런 거 아냐.

연출 맞아. 너도 지금 제작비 때문에 인원을 대폭 줄였다는 거 눈에 보여. 그뿐 아니야. 공산주의가 붕괴되면서 체코의 초대 대통령이 된 극작가 '바츨라프 하벨'은 민주화운동 당시에 주로 이인극을 즐겨 썼어. 이유는?

작가 돈?

연출 (작가의 어깨를 사정없이 내려친다) 바로 그거야.

작가 아파.

연출 (빤히 본다)

작가 왜?

연출 ○○야, 기회다. 신이 우리에게 주신 마지막 기회. 나도 전설이고 싶다.

작가 과연 내가 전설로 남을 수 있을까?

연출   너는 지금 전설의 문턱에 들어선 거야. 덕분에 나도 전설
이 되는 거고. 무대장치도 아주 간단해. 이런 책상에 바퀴
만 달고, 레이저 광선 검, 그리고 윈드서핑용 돛만 있음 무
결점. 오케이?

작가   좋아, 오케이. (하이파이브)

연출   괄호 열고 음악, 조명 변한다. 장면 삼. 멀리 파도 소리 들
린다. 괄호 닫고.

작가   괄호 닫고. 오케이

연출   오케이.

음악이 격하게 들려온다. 조명도 확 변한다. 파도가 친다.

3.

전설 가자, 나를 따르라. 다오, 내 검을 다오.

딜러 괄호 열고, 레이저 검을 건넨다. 괄호 닫고. (검을 건넨다)

전설 (검을 휘두른다) 장렬히 죽을 것인가? 전설로 남을 것인가?

딜러 사즉생 생즉사.

진설 죽기를 각오한 자 살 것이오, 살고자 발버둥 치는 자는 죽을 것이다.

딜러 (주머니에서 앙증맞은 레이저 검 꺼내 휘두르며 따라한다) 장렬히 죽일 것인가? 전설로 남을 것인가?

전설 정글 같은 험한 세상에 이름 석 자 떨치었고, 지금은 최고의 자리에 올랐응께 영락없이 나도 전설이다.

딜러 나도 전설이다. 딜러계의 전설.

전설 I am legend.

딜러 me too.

전설 공모전에 날 밤 새고, 몇 푼 되지도 않는 지원금에 목숨 걸어가며, 예술과 철학과 연극을 논하던 치기어린 내가 아니란 말이다.

딜러 지난 날 쓰라린 아픈 추억은 모두 잊을 것이다. 아니 잊은 지 이미 오래다.

작은 파도 소리가 확 밀려왔다 사라진다.

전설　전설은 전설로 남아야 한다. 고거이 내 지론. 딱딱한 골방에 처박혀 담배연기와 씨름하며, 쓰디쓴 커피로 속을 아리게 했던 지난 기억은 더 이상 존재하지 않는다. 전설의 이야기는 새롭게 시작된다. 빠밤 빠바밤 빠바밤! 내가 전설이므로… 하하하하.

전설, 레이저 검을 휘두른다. 딜러, 검을 휘두른다.
옆으로 달려가고, 눕고, 엎드리고, 발광을 하며 무대를 휘젓는 두 남자. 무술 판타지 생쑈.

딜러　지난 날 쓰라린 아픈 추억은 모두 잊을 것이다. 아니 잊은 지 이미 오래다. 중고자동차 한 대 팔려고 이 사무실 저 사무실 얼굴 팔며, 딸랑딸랑 사모님, 딸랑딸랑 사장님… 아, 쪽팔려. 온갖 알랑방귀 뀌어가며 고개 조아리던 내가 아니다. 나에겐 전설이 있으므로…
전설　짠짠, 짠짠짠 짠짜짠. 나의 시대가 도래했다.
딜러　덩달아 나의 시대도 도래 했나니.

사이.

전설　회장님 반응은?

딜러   만족, 만족. 대 만족.

전설   그럴 테지.

딜러   침팬지. 회장님은 ○○○ 작가의 신작 침팬지를 소장하시고 뛸 듯이 기뻐하신 나머지, A4 35장 전체에 일일이 금으로 코딩을 하시고, 그 주위에는 남아프리카에서 특별 공수해온 물방울무늬 다이아몬드로 액자를 만들어 거실 벽에 걸어 두셨지요.

전설   (검을 휘두른다)

긴 대사는 전설과 딜러가 주고니 받거니 해도 무방하다.

딜러   그리하시고는 자식들을 넌지시 보시더니 회장님 왈 "드디어 내가 명예를 얻었다. 봐라, 이것이 전설의 작품이로다. 글자 한 자 한 자에서 빛이 나지 않더냐. 집안 대대로 자자손손 ○○○ 작가님의 희곡작품을 가보로 내릴 것이니 잘 보관하거라. 그리고 절대로 팔거나 잃어버리지 말거라. 시시때때로 변화무쌍한 시대에 전설의 희곡작품을 소장하는 일은 삼대가 공을 쌓아도 부족할 터, 이젠 죽어도 여한이 없도다. 이건 명예로운 일이로다"라고 하시니, 모여 있던 가족들이 감동이 복받치어 흐느껴 울매, 사모님은 "여보" 그의 아들은 "아버지" 그의 며느리는 "아버님" 그의 동생은 "형님" 그의 제수씨는 "아주버님" 그의 사촌들은 "숙부님" 또 그의 손자들은 "할아버지" 그의 집사는 "회장님" 그의 회사 임원들은 "만세, 만세, 회장님 만세!" 그의 애완견은 "멍, 멍" 하면서 개소리를 하는데, 회장님 집은 하루 종일 눈물바다가 되었지요?

전설 그래? 그 작품 설명했나?

딜러 피피티 자료를 만들어 인물과 구성 그리로 '낯설게 하기'와 '객관적상관물'에 대한 프레젠테이션을 했지요.

전설 내용도 설명했고?

딜러 아마 읽어보아도 무슨 뜻인지도 모를 것 같아. 손짓 발짓 크게 하며 대한민국이 낳은 세계적 거장의 희곡이니 수작일 거라고만 말씀드렸지요. 그랬더니 울음소리는 통곡 소리로 변하고, 결국 사모님은 휘청거리는 발걸음을 꼭 누르고 "행복한 눈물이로다. 이것이 참말 행복한 눈물이로다" 라시며 뒷목을 잡으시며 "이게 무슨 은혜란 말이냐. 얘들아, 얘들아…" 채 말도 잇지 못하고 실신을 하시매, 옆에서 헛기침만 뱉으시던 회장님께서 깜짝 놀라. 닥터, 닥터를 찾으셨지요. 마침 집에서 24시간 대기하고 있던 미국 유학파 출신 의사가 부리나케 달려와 맥을 짚고, 청진기를 들이 대며, 눈동자를 살피고, 행여나 있을 일에 대비하여 인공호흡을 하고나서 부리나케 계열사 병원으로 이송하셨답니다.

전설 침팬지와 극과극의 연결고리를 찾았더니 생각보다 작품이 쉽게 풀렸어.

딜러 아, 정말? 내가 도움이 되었다니. (자신의 머리를 쓰다듬는) 아,

기특해라.

전설　　아직 내 작품도 안 읽어 봤을 테고.

딜러　　A4 서른다섯 장에 담긴 액자만 뚫어져라 바라보며 눈물만, 눈물만, 하염없이 흘리더이다.

전설　　자신이 침팬지라는 것도 모르더란 말이지?

딜러　　(무릎을 꿇고) 그저 감동의 도가니더이다.

파도가 친다. 바람이 분다. 음악이 높아진다.

전설, 레이저 검을 휘휘 돌린다. 책상에 휘 뛰어 오른다.

전설　　가자. 나는 내 할 일을 다 했다. 나도 전설로 남을 것이다. 닻을 올려라.

딜러　　닻을 올려라!

전설　　돛을 내려라!

딜러　　돛을 내려라!

전설, 책상 구멍에 레이저 검을 박는다.

딜러, 거기에 수건을 묶는다. 바람에 돛이 흔들린다.

전설　　나는 이제 떠날 것이다. 굿바이 하와이, 안녕 잘 있어 와이키키 비치. 그리고 나의 사랑 미스 하와이 안녕. 알로아, 하와이. 안녕!

딜러　　안녕, 안녕.

전설   돛을 더 높이 올려라. 바람이 몰려온다.

딜러   (내려서 책상을 민다)

바퀴 달린 책상 파도를 탄다. 전설, 서핑을 즐긴다. 전설, 주머니에서 고글을 꺼내 쓴다. 물안경이어도 좋다. 딜러, 전설에게 주전자에 남은 물을 뿌린다.

전설   파도야 더 때려라. 무너지지 않을 것이다. 부서지지 않을 것이다. 침몰하지도 않을 것이다. 전설은 전설로 남을 뿐!

딜러   (물을 더 뿌린다)

전설   저 이글거리는 태양을 심장삼아. 넘실대는 파도를 뚫고, 나는야 설원의 땅 알프스로 갈 것이다. 가자, 알프스. 기다려라 알프스여!

딜러   기다려라 알프스여!

전설   (사투리 버전으로) 인자 나는 더 이상 희곡은 쓰지 않을 것잉께 그리 아쇼. 전설로 남아 전설로 남아야제, 쪼잔하게 허세나 부림서 세상 굴림 하지 않고 잪으요. 긍께 내 모든 작품은 박물관에 기증한다고 핫쇼.

딜러   나도 간다. 알프스로. 드라마 딜러 따윈 태평양 바다에 던지고 나도 간다.

전설   (침 튀기며) 도이칠란드, 프랑스, 오스트리아, 스위스, 이탈리, 일 년 내내 얼음산으로 덮여 있을 산봉우리 보러 가자. 해발 3000미터 위에 있는 거울 같은 호수들아 내가 간다.

지둘려라. 유럽 취고봉 몽블랑아 전설이 간다. 기다려라.
너만 전설이냐? 나도 전설이다. I Am Legend.

딜러, 책상을 밀다 훌쩍 올라탄다. 전설과 딜러는 작가와 연출로
돌아온다.
음악 소리 높아간다.
그들은 망망대해 작은 돛이 달린 배를 타고 이상을 꿈꾸며 몽상에
잠긴다.

작가 우짱가 형?

연출 맘에 들어.

작가 형이 좋다니 나도 맘에 등만.

연출 좋다. 겁나게.

작가 관객들 몰리것는가?

연출 두고 봐라. 관객들이 저기 혜화역까지 길게 줄을 서서 또
아리를 틀게다. 나도 전설이다 보려고.

작가 꿈이제 그라믄 꿈.

연출 아니, 현실. 지극히 당연한 현실

작가 그래, 해보세.

연출 당장 연습 스케줄 잡자. 의상이랑, 포스터 디자인, 그리고
기획팀 섭외하고. 홍보부터 들어가자. 니들만 전설이냐?

작가 (외치는) 나도 전설이다.

연출 연극이 무엇인지 제대로 보여주겠다.

작가	설레인다. 이 기분, 전라도 깡촌에서 올라왔던 그 기분이 드네.
연출	너도?
작가	형도 설레잉가?
연출	(끄덕)
작가	(연출에게 악수를 건넨다)
연출	(악수) 살아 있잖아. 우리. 여기, 이렇게, 뜨거운 심장으로…
작가	두근두근, 무대는 말이여이, 늘 우리를 말이여이, 설레이게 한당께.
연출	이번엔 달라. 완전. 나를 믿어.

정면을 응시하는 두 남자.

작가	형?
연출	왜, 인마.
작가	나는 진짜 전설로 남고 싶다.
연출	나도.
작가	형?
연출	왜?
작가	우리 말이여이… 아니여.
연출	말을 해. 왜 하다 짤라.
작가	이번에도 안 되믄, 과일장수 하세.
연출	그럴 리 없을 거다.

작가　　　그래, 그릴 리 없어야제.

사이.

작가　　　야, 와라. 와. 겁 하나도 안 난다. 느그들만 전설이여? 나도
　　　　　　전설이랑께.

연출　　　저기?

작가　　　어디?

연출　　　저기? 보이지?

작가　　　뭣이?

연출　　　알프스 산맥이 점점 시야에 다가온다.

작가　　　정말. 구름 위로 만년설이 보이네…

연출　　　어이, 여기여 여기.

작가　　　야, 나도 왔다. 나도.

연출·작가　너만 전설이냐?

　　　　　　나도 전설이다.

　　　　　　드넓은 바다도 그 줄기를 거슬러 올라가면 한 움큼의 샘
　　　　　　물로부터 비롯되고, 천년의 거목 또한 그 줄기를 따라 내
　　　　　　려가면 땅속 깊은 뿌리로써 지탱한다. 고로 우리는 모두
　　　　　　전설이다.

두 남자, 레이저 봉을 휘두른다.

연출·작가 전설. 레, 전, 드.

건물 밖 "고장 난 냉장고, 세탁기, 텔레비전, 에어컨, 컴퓨터 삽니다. 고장 난 밥통, 오디오, 김치냉장고, 세탁기, 컴퓨터, 에어컨 실외기 각종 가전제품 삽니다. 고물 삽니다."

무대 어둡다.

막.

한국 희곡 명작선 128

나도 전설이다

초판 1쇄 인쇄일   2022년 11월 1일
초판 1쇄 발행일   2022년 11월 7일

지 은 이   양수근
만 든 이   이정옥
만 든 곳   평민사
            서울시 은평구 수색로 340 〈202호〉
            전화 : 02) 375-8571 / 팩스 : 02) 375-8573
            http://blog.naver.com/pyung1976
            이메일 pyung1976@naver.com
등록번호   25100-2015-000102호
ISBN   978-89-7115-070-2   04800
           978-89-7115-663-6 (set)
정   가   7,000원

· 잘못 만들어진 책은 바꾸어 드립니다.
· 이 책은 신저작권법에 의해 보호받는 저작물입니다.
  저자의 서면동의가 없이는 그 내용을 전체 또는 부분적으로 어떤 수단 · 방법으로나
  복제 및 전산 장치에 입력, 유포할 수 없습니다.

이 책은 사단법인 한국극작가협회가 한국문화예술위원회의 2022년 제5회 극작엑스포
지원금을 받아 출간하였습니다.

.